FSC

www.fsc.org

MIX

Papier aus ver-
antwortungsvollen
Quellen
Paper from
responsible sources

FSC® C105338

2

Schreibzirkel
LeseZeichen

Schnickschnack &
Goldlametta

Impressum

Coverzeichnunng:	Christine Fiedler
Buchgestaltung:	Claudia Wendt

Bibliografische Information der Deutschen Nationalbibliothek: Die Deutsche Nationalbibliothek verzeichnet diese Publikation in der Deutschen Nationalbibliografie; detaillierte bibliografische Daten sind im Internet über dnb.dnb.de abrufbar.

©2019
Schreibzirkel LeseZeichen Wismar

Herstellung und Verlag: BoD – Books on Demand, Norderstedt
ISBN: 9783750409866

Schreibzirkel Lesezeichen

Schnickschnack & Goldlametta

Weihnachtliche Anthologie

Christine Berning
Christine Fiedler
Ingeborg Kaschewski
Peter Schalljé
Marie-Luise Vogel
Claudia Wendt

Peter Schalljé

Schneeflöckchen

Aus hohem Norden, grau und
schwer,
Zieh´n Wolken Schnee beladen.
Verdunkeln weithin graues Land,
mit tiefen, trüben Schwaden.

Die Mutter Wolke trägt in sich
Millionen Glitzersterne,
weit weht der Wind sie über´s Land
aus weiter, weiter Ferne.

Noch halten sich, wie kleine Feen,
ganz fest, die Tänzerinnen
und betteln Mutter Wolke wohl:
„Wann können wir beginnen?"

Und endlich, endlich sind sie frei,
sie tanzen, schwingen, schweben,
doch stetig, langsam sinken sie
Der grauen Erd' entgegen.

Das Flöckchen jauchzt, endlich allein,
nicht wolkenschwer gebunden
und tanzt nach links und mal nach
rechts,

glaubt seinen Weg gefunden.

Auf junge Saat schwebt sie herab,
schon ist ihr Tanz zu Ende,
still und stumm, im Sonnenglanz,
viel tausend Flöckchen blenden.

Viel Tage, auch wohl Wochen gar,
deckt sie die Saaten zu.
Die Felder, Wälder, alle Flur,
erstarr'n in kühler Ruh.

Peter Schalljé

Weihnachten „Modern Art"

Und wieder ist das
Weihnachtsfest ganz still
herangerückt.
Der Vater hat, wie´s Tradition,
den Tannenbaum geschmückt.
Kästchen und Päckchen in blau,
rot und gelb,
sind Heilig Abend dort
abgestellt.
Weil er das Singen so sehr liebt,
hat er sich selbst was eingeübt
und hat dann Texte
ausgedruckt, dass jeder denn
auch da rein guckt.

Sieh da, die Gäste kommen
schon, dabei der große
Enkelsohn.
Ein Tablett, fast ein Meter breit,
trägt er mit sich herum,
er sieht nicht auf den
Lichterbaum schaut sich nur
suchend um.
Der Weihnachtstisch mit viel
Gebäck wird gleich eliminiert

und das Gerät nun mittiglich auf
diesen Platz drapiert.

Viel Kabel wird nun ausgerollt,
ringelt über´s Parkett,
die Stube wird zum Studio, ich
find´ das nicht so nett.
Auf meine Frage ob wir denn
´nen Weihnachtsfilm wohl
sehen,
da lacht der Knabe: „Opa, nein,
wir skypen, wirst schon sehen."
Mein Bruder, so erklärt er mir,
wohnt doch am fernen Rhein,
der möchte gerne, ja das geht,
bei uns zu Hause sein.

Der Bildschirm flackert nun
auch auf, doch ist er nicht ganz
klar:
„Macht mal die blöden Lichter
aus, ja so ist´s wunderbar".
Im Dunkel steht der
Lichterbaum, es flimmert blaues
Licht,
ich räume meine Lieder ein,
gesungen wird heut nicht.

Die Frauen stürzen nun herein,
mit Kissen untern Steiß
und bilden dann um das Gerät
nun einen halben Kreis.
Sieh da, des Bruders Antlitz ist
im Bild und sagt:
„Ich kann euch seh´n,"
die Frauen winken wie verrückt,
wir auch, ach ist das schön."

Ein Baby taucht nun plötzlich
auf, ganz nackt und zappelt
wild
und siehe da, es wird sogar am
Fernsehschirm gestillt.
Fünf Frauen sprechen all
zugleich wie´s denn dem
Kleinen geht,
das tollste aber ist für mich, das
jede alles versteht.

Bald wird´s dem Urenkel zu viel,
er fängt nun an zu schrei´n
und ganz, ganz deutlich hört
man das, sogar vom fernen
Rhein.
Der Heilig Abend ist vorbei,
niemand hat das bemerkt,

doch nun wird sich am großen
Tisch ganz kräftig erst gestärkt.
Kartoffelsalat und Würstchen
dazu, das kennt wohl jeder
schon.
„Bei Oma, stellt der Enkel fest,
da gibt´s noch Tradition".

Christine Fiedler

Der Teufel mit den drei goldenen Haaren

Und es begab sich zu der Zeit, als die Tage nicht mehr so richtig hell waren, kürzer wurden und das Jahr sich seinem Ende neigte. Die Sonne zeigte nur selten ihr blasses und kaltes Gesicht. Die Luft wurde eisig und die Menschen verzogen sich an Orte, wo es warm und gemütlich war, wo sie sich wohlfühlten, wo der helle, warme Schein der Lichter die Herzen erwärmte.

Es war die Zeit, als die Stadt wieder einen Weihnachtsmarkt aufbaute. Er wurde wunderschön, aber etwas fehlte. Es kam nicht die richtige Stimmung auf. Es roch einfach nicht nach Weihnachten. Weder auf dem Weihnachtsmarkt, noch in den Bäckerläden, in den Supermärkten und auch in keinem Haushalt gab es Lebkuchen oder anderes Weihnachtsgebäck und keinerlei Weihnachtsgewürze, und auch alle Rezepte waren aus den Köpfen und

Büchern verschwunden. Die Bäcker der Stadt Wismar waren die ersten, die das gemerkt hatten. Sie setzten sich zusammen und beratschlagten. Der Vorsitzende der Bäckerinnung sagte, „ich war in Schwerin und in Lübeck, überall duftet es nach Weihnachtsgebäck und aromatischem Glühwein. Ich habe mir von allem was nach Hause mitgenommen, aber kaum hatte ich die Stadtgrenze überschritten, war alles wieder weg." Auch den anderen Bäckern war es schon so ergangen. Die Menschen in Wismar schimpften. Das konnte so nicht weitergehen. Also gingen die Bäcker zur Sitzung der Bürgerschaft. Der große Rat von Wismar hatte schon immer für die Einwohner gesorgt und sollte auch dieses schwierige Problem klären. Als die Bäcker ihr Anliegen vorgetragen hatten, schauten die Mitglieder des großen Rates betreten in die Runde. Keiner konnte das erklären. Aber weil die Bürgerschaft immer entscheiden muss, wurde festgelegt: „Das Übel der fehlenden

Lebkuchen und Weihnachtgewürze kann nicht mit rechten Dingen zugehen. Da muss ER sich eingemischt haben. Um das herauszubekommen muss jemand zum Teufel mit den drei goldenen Haaren gehen und ihn befragen."
So war der Beschluss des großen Rates.

Die Bäcker hatten Angst, denn es war ein gefährliches Unterfangen. Deshalb bestimmten sie das jüngste, mutigste Mitglied der Bäckerinnung, den Teufel zu suchen und zu befragen.

Dem jungen Mann war nicht bange und er machte sich auf den Weg. Lange ging er über Felder, durch Wälder, an Seen vorbei, über die Insel Poel und er schaute von den hohen Küsten über das Meer. Endlich kam er an der Höhle des Teufels an. Der war aber nicht zu Hause. Nur die Ellermutter war da. Sie war ganz erschrocken, als plötzlich ein Mensch in der Höhle stand. „Der Teufel wird dich fressen, wenn er nach Hause kommt und dich hier vorfindet." Als der Bäcker der Großmutter erzählt hatte, von wem er geschickt worden war und was er den Teufel fragen sollte, hatte sie Mitleid mit den Wismarer Bürgern. Sie verwandelte den Bäcker in eine Ameise, steckte ihn in die Falten ihres Rockes und befahl ihm, gut zuzuhören, wenn sie mit dem Teufel redete. Nach einiger Zeit kam der Teufel nach Hause. Er betrat die Höhle, hob die Nase und brummte ärgerlich. „Ich rieche, rieche Menschenfleisch." Die Großmutter antwortete rasch, „du irrst dich, du riechst nur die frisch gebackenen Lebkuchen. Komm leg dich zu mir und ruh` dich aus." Die Ellermutter setzte sich auf das Sofa, kraulte dem Teufel den Kopf und fragte ihn, wo er den heute gewesen wäre. „ Ach", murmelte der Teufel, „ich war nur in Stadt und Land unterwegs." Die Ellermutter sagte, „mir träumte, dass die Bäcker in Wismar keine Weihnachtsgewürze haben und sie auch nicht mehr backen können, weil sie alles vergessen haben. Ist das so,

16

weil ich für dich jeden Tag diese vielen Lebkuchen backen muss? Und ich wüsste doch zu gern, ob man das ändern könnte." Während sie dem Teufel den Kopf kraulte, zupfte sie ihm nach jeder Frage ein goldenes Haare aus dem Kopf, bis die drei goldenen Haare ausgerissen waren. Der Teufel lachte darauf höhnisch und sagte, „die Menschen wissen jetzt nichts mehr, weil ich doch sonst nicht genug hätte. Für alle reicht es nicht. Aber sie könnten es ändern, indem sie den Zauber lösen. Ein Bäcker müsste an einem Tag, an dem die Stadtbibliothek normalerweise mittags geschlossen hat, in die Bibliothek gehen, und laut sagen, dass er ein Backbuch mit Weihnachtsrezepten ausleihen wolle."

Als der Teufel eingeschlafen war holte die Ellermutter die Ameise aus ihren Rockfalten und verwandelte sie zurück in den Bäcker. Sie fragte ihn, ob er alles gut verstanden hätte, gab ihm die drei goldenen Haare als Schutz vor dem Teufel. Der

Bäckerjunge lief eilig zurück nach Wismar und löste zum Ärger des Teufels, der nichts mehr dagegen machen konnte, den Zauber.
Dann zog auch in Wismar der Duft von Weihnachten ein.

Christina Kämmereit

Das Strohmännlein

Verlassen sind die Gärten,
die Erde legt sich zur Ruh,
auch der Igel unterm Laub
schließt die Äuglein zu.

Der Birke golden Blätter
in der Sonne funkeln,
in den Abendstunden,
die weißen Stämme leuchten im
Dunkeln.

Nicht lange, dann trägt die Erde ein
weißes Kleid.
Die Menschen öffnen ihr Herz
für Liebe und Barmherzigkeit.
1000 Lichter leuchten hell und weit.

Ein Strohmännlein winzig klein,
es wartet in einer Schachtel.
Es träumt von der Glocken Schall,
der Freude und Demut verbreitet
überall.

Endlich hängt es an dem duftend
grünen Baum.

Es sieht bunte Kugeln im
Kerzenschein.
Es schaut sich um, glaubt es kaum
und kann Weihnachten nicht seliger
sein.

Alle sind so friedlich, so glücklich.
Ganz warm wird ihm im Herzen.
Da erwischt ihn ein kleiner Funken,
es war nur aus Stroh und spürt keine
Schmerzen.

Als die Flammen es verschlingen,
hörte es ein wundersames Singen.
Vorbei, vorbei ist es mit den
Strohmännlein,
ein kurzes Glück im
Weihnachtsschein.

Marie-Luise Vogel

Väterchen Frost

Verzauberter Tag
durch ein blütenweißes Kleid
auf allen Hügeln.
Väterchen Frost hat's gemacht.
Beim Gang Knirschklang laut im Ohr.
Unter der Schneeschicht
war der Boden fest vereist.
Eine Rutschpartie
auf der verschneiten Strecke
war ein Ackerweg- Spagat.
Das Schneegestöber
vernebelte meine Sicht.
Nach Schreckmomenten
stand ich immer noch aufrecht.
Hat mich eine Fee gehalten?
Straßengeräusche
ließen erahnen, wohin
es zum Cafe' ging.
Endlich spürte ich auf dem
Asphalt wieder ersten Halt.
Krönung im Cafe'
war der heiße Sinnes-Tee
für Körper und Seel'.
Draußen hellte es sich auf
beim Gang zurück nach Hause.

Unversehrt, liegend
auf der Couch, sann ich dankbar
über den Tag nach.
Den aufregenden Schneegang
werde ich nie vergessen.

Ingeburg Kaschewski

Schokolade

Zur Weihnachtszeit die beliebtesten
Renner
sind schmackhafte Schokoladen
Weihnachtsmänner.
Im Regal sie schon im Spätsommer
stehen
als stramme Armee in Staniol zu
sehen.

Ich fühle Kälte, Eis und Schnee,
sobald die Bärtigen ich seh.
Sonne will ich doch noch tanken,
nicht durch Herbststürme wanken.

Doch süß, knackig die
Weihnachtsmänner sind,
ob von Arko, Milka oder Lindt.
Meine Geschmacksnerven vibrieren,
gefühlvoll in Gedanken ich einen
schnabuliere.

Im tollen Schokoladenkleid
versüßen sie die Advent- und
Weihnachtszeit .
Ich konnte es nicht lassen,

einen musste ich vernaschen.

Einen Mintmann hatte ich
ausgesucht ,
hmm, pikant, würzig, er war eine
Wucht.
Meine Zähne machten knack knack,
Stunden fühlte ich den aromatischen
Geschmack.

Meinen Augen wollte ich kaum
trauen,
Ende September auf
Adventskalender sie schauen.
Vierundzwanzig Türchen, gefüllt mit
leckerer Schokolade,
ich fühlte Heißhunger, Weihnachten
sind sie fade.

Marie-Luise Vogel

Heiligabend im Zug

An einem Heiligabend-Nachmittag standen nur wenige Reisende auf dem Wismarer Bahnhof. Dazu gehörten junge Frau und ihre Tochter, ein Teenager mit schwarzer Wuschelkopffrisur.
Sie warteten auf ihren Zug nach Hamburg. An diesem stürmischen, ungemütlichen Tag freute sich die Vierzehnjährige mit dem türkischen Namen Illayda, übersetzt Wasserfee, auf die Reise und auf ihre Oma. Ihre Schulweihnachtsfeier war am Vortag, da wollte sie unbedingt mit ihrem Geigenspiel und als Weihnachtsfee dabei sein. „Wie toll, der Zug ist sogar pünktlich", sagte sie, und mit der Fahrkarte in der Hand fand sie schnell das richtige Abteil. Ihren Plätzen gegenüber saß schon ein Paar. Nach dem Gutentag-Gruß las die Frau mit den freundlichen Augen in ihrem Buch amüsiert weiter. Der bärtige Mann neben ihr beschäftigte sich ernsthaft mit seinem Laptop.

Draußen dämmerte es und der Sturm heulte heftig. Nach einer längeren Reisezeit machte sich eine ansteckende Müdigkeit breit und veränderte den Raum unmerklich in ein Schlafabteil. Keiner hörte die tobenden Windböen beim eintönigen Rattern des Zuges, bis das schrille Kreischen und Quietschen und der Ruck des anhaltenden Zuges sie wachrüttelte und -schüttelte. Keiner und nichts blieb an seinem Platz sitzen oder liegen. Blitzschnell brach das Chaos um sie herum los. Offene Gepäcktaschen entleerten sich am Boden, mittendrin ein leerer Fächerkarton.

Nach dem allseits überwundenen Schreck starrten alle auf die einzige heile Weihnachtsbaumkugel in den Scherben. Illayda fiel auf, wie bekümmert die fremde Frau aussah, hob die Kugel auf und überreichte sie ihr. In Sekundenschnelle wich die Traurigkeit aus ihrem Gesicht und mit unerwartet liebenswerten Worten sprach sie die Vierzehnjährige an: „Darf ich dir diese Kugel schenken? Wir sind sicher alle dankbar dafür, dass wir ebenso unversehrt geblieben sind". Illaydas Mutter reagierte empathisch und fand es passend, sich und ihre Tochter dem Paar bekannt zu machen: „Mein Name ist Birgit und Illayda heißt meine Pflegetochter. Sie kam mit zweieinhalb Jahren übers Jugendamt zu mir. Ich war sehr glücklich, da es als Singlefrau schwierig ist, ein Kind vermittelt zu bekommen."

Ohne große Pause stellte sich die freundliche Frau ebenso mit ihrem Vornamen vor: „Ich heiße Miri, eine Kurzform von Mirjam, der Maria Magdalena. Bei dem Schreck vorhin kamen in mir Ängste hoch. Als Kind kam ich von heute auf morgen von Deutschland zu Verwandten in die Niederlande und durfte ab sofort nur noch holländisch sprechen. Später beim Sprachstudium kam mir das sehr zugute". Ihr Partner schloss sich nahtlos an: „Ich heiße Burhan, genau wie mein Großvater." Danach hörten alle die erste Zugdurchsage: „Sehr geehrte Damen, sehr geehrte Herren, ein vom Sturm umgestürzter Baum

blockiert das Gleis. Wir melden uns wieder. Ende der Durchsage."
Burhan fügte noch hinzu: „Meine Kinder- und Jugendjahre habe ich mit meinen Eltern und dem Großvater in Amerika verbracht. Von meinem Großvater erfuhr ich das Meiste über unseren Glauben. Zum nächsten Frühjahr plane ich eine Reise nach Mekka, und frage mich oft, wie ich mich dabei fühlen werde".
Daraufhin wandte sich Birgit verständnisvoll an Burhan: „Diese Fragen könnten auch mal für Illayda wichtig werden, da ihre leibliche Mutter aus der Türkei stammt und ihr Vater aus Ghana. Mit mir lebt Illayda im christlichen Glauben, wie meine Familie".
Burhan bot allen ein aromatisches Getränk aus seiner Thermoskanne an. Birgit verteilte den selbst gebackenen Apfelkuchen auf festlichen Servietten. Derweil suchte Miri etwas in ihrem Gepäck. Fündig geworden wandte sie sich an Illayda: „Hast du Lust, mit mir Weihnachtssterne zu basteln?" Das war keine Frage! Beide zauberten

eine Vielzahl gelb glänzender Sterne. Als Burhan etwas sagen wollte, kam die nächste Zugdurchsage: „Sehr geehrte Damen, sehr geehrte Herren, wir bedanken uns für ihre Geduld. Der Schaden wurde behoben, in einer Stunde erreichen wir Hamburg. Wir wünschen ihnen angenehme Festtage."

Danach setzte Burhan mit feierlicher Miene erneut an: „Es ist wie ein kleines Wunder, trotz Hektik und Aufregung auf dieser Fahrt, sind wir in diesem Zugabteil zufällig zusammengekommen mit unseren unterschiedlichen, kulturellen Hintergründen. Empathisch und offen haben wir uns eine festliche Atmosphäre geschaffen an diesem Heiligabendtag. Wäre ein Urahne zugegen gewesen, hätte er Wohlgefallen an unserer Viererrunde gehabt."

Daraufhin überreichte Miri ihrem Burhan ein Buch mit muslimisch-humoristischen Texten. Sichtlich erfreut dankte er ihr: „Das ist die beste Medizin vor meiner Reise." Danach, fast gleichzeitig, kam von allen die Idee, Telefon- und Maildaten auszutauschen, mit der Andeutung im kommenden Jahr Heiligabend und Weihnachten miteinander zu verbringen. Nach einem Jahr freundschaftlicher Verbundenheit trafen sie sich vertrauter und gut vorbereitet zum nächsten Fest wieder.

Claudia Wendt

Der Weihnachtsbesuch

Ich träumte von dir und dem Tan-
nenbaum,
Uns alle sah ich in jenem Traum.
In der Wohnstube sitzen wir,
Um den Tannenbaum! Wir sind
vier!
Nur deshalb weiß ich, dies ist nicht
real,
Diese Gemeinsamkeit war einmal.

Zusammen speisen, Geschenke ver-
teilen,
In stiller Zeit besinnlich verweilen.
Ein Chor ertönt inmitten vom Raum,
In diesem wunderschönen Traum.
Mein Herz verspürt Freude und
Trauer zugleich,
Ich seh dein Gesicht aus dem ewi-
gen Reich.

Du umarmst mich und sprichst: „Ich
bin stolz auf dich,
Denke ab und zu an mich,
Ich sehe deine Seele von wo ich
bin,
Halte dich an deinem Lebenssinn.
Heute haben wir uns wiedergese-
hen!
Ein frohes Weihnachtsfest lass uns
begehen!"
Dann verschwammen die Stube
und der Tannenbaum,
Und der Chor, ich wusste, es war
ein Traum.

Am Morgen, ich erwachte,
An dich ich im Momente dachte,
Das glückliche Gesicht, das im
Traum ich gesehen,
Ich erinner mich und kann es ver-
stehen.
Mit Freude erfüllt war mein Herz,
Dass du mich besucht hast, zu-
gleich mit Schmerz.

Keine Angst, ich vergesse dich nicht.

Ich erinnere mich an dein glücklich
Gesicht.

Christine Berning

Glühwein in der Wüste

Für Opa Willi war das Weihnachtsfest immer eine Familienfeier. Er freute sich schon wieder auf das gute Essen von seiner Frau Edith. Auch die Kinder und seine Enkel besuchten sie gerne. In diesem Jahr sollte nun alles anders werden. Edith wollte Weihnachten verreisen, nach Afrika. Endlich mal nicht kochen und backen, nein sie hatte anderes vor.
Löwen und Elefanten, Zebras und Giraffen in freier Wildbahn erleben, das war ihr großer Wunsch. In einem Reisebüro hatte Edith schon nach Südafrika gebucht. Damit hatte sie ihren Willi mächtig überrumpelt.
Für ihn waren Gänsebraten und Klöße, Stollen und Glühwein Weihnachten. Tiere in heißer Wüstenluft anschauen war nicht sein Ding. Das sagte er auch seiner Angetrauten. Aber Edith hatte kein Einsehen. Dieses Weihnachten blieb die Küche kalt!.

Für Willi brach seine heilige Weihnachtswelt zusammen. Er sah sich schon schwitzend durch die Wüste keuchen und bei Gluthitze eine Safari machen. Ihm wurde heiß und kalt bei dem Gedanken.

Er musste sich etwas einfallen lassen. Erst einmal die Kinder von dem Wunsch ihrer Mutter informieren. Die waren bestimmt auch nicht begeistert von dem Plan. Sie setzten sich zum Fest gerne an den gedeckten Tisch.

Ein Anruf bei der Tochter und dem Sohn, aber beide fanden die Idee ihrer Mutter toll und freuten sich, dass sich beide eine schöne Zeit machten.

Willi war perplex, damit hatte er nicht gerechnet. Nun musste eine andere Strategie her. Er hatte eine Idee: seine Gesundheit wollte er nun ins Spiel bringen. Seit Langem plagten ihn heftige Rückenschmerzen. Zum Arzt war er noch nicht gegangen, hatte es immer auf später verschoben.

Nun wollte er doch einmal einen Orthopäden aufsuchen. Er ging zum

Hausarzt, holte sich eine Überweisung, verließ frohen Mutes die Praxis und suchte den Facharzt auf.

Eine freundlich lächelnde Schwester am Empfang teilte ihm mit, dass es den nächste freien Termin erst am Montag, den 25.Februar 2019 gäbe. Entgeistert schaute Willi die nette Schwester an und murmelte: "Dann gehe ich zu einem anderen Orthopäden." Da flötete diese:

„Das brauchen sie gar nicht zu versuchen, in den Praxen sieht es überall so aus. Keine kurzfristigen Termine".

Was nun. Willi musste nachdenken. Ein Spaziergang über den Weihnachtsmarkt sollte ihn auf eine neue Idee bringen.

Überall roch es verführerisch nach gebrannten Mandeln, Mutzen und Glühwein. Der Geruch des wärmenden Getränks stieg ihm besonders in die Nase. Er machte Halt an der Pyramide. Willi beschloss, einen zu kosten und fing auch gleich an. Ein Becher nach dem anderen folgte. Irgendwann sah er alles wie durch einen Schleier, jetzt war es Zeit nach Hause zu gehen.

Willi bezahlte seine Zeche und stolperte seiner Wohnung entgegen.

Wie er in sein Bett gekommen war, wusste er nicht mehr.

Ein unheimlicher Traum riss ihn schweißgebadet aus dem Schlaf. Er saß mit einem Becher Glühwein in der Wüste. Zebras, Giraffen und Elefanten umringten ihn und riefen immer: "Willi, Willi aufwachen, du musst Koffer packen. Bald geht es nach Afrika!" Über allem schwebte Ediths lächelndes Gesicht.

Nur sehr langsam begriff er, es war zu viel Glühwein und alles nur ein Traum.

Zwei Wochen später saßen Edith und Willi in einem Flugzeug nach Südafrika. Willi war nun doch sehr aufgeregt und gespannt auf den unbekannten Kontinent. Total begeistert von diesem Land, seiner wunderbaren Natur und den vielen exotischen Tieren, saß er bei jeder Safari immer ganz vorne. Auch die brennende Hitze störte ihn nicht mehr. Im nächsten Jahr, das stand für Willi fest, geht es wieder nach Afrika.

Getrunken hatte er in der Wüste auch. Keinen Glühwein, sondern in Südafrika wurde Willi unter heißer Sonne zum Teetrinker.

Christine Fiedler

Jahreswechsel

Wie eine Kerze, schon fast
abgebrannt,
sind die Monate im Jahr.
Die Zeit verrinnt und hat keinen
Bestand,
sie läuft weiter, immerdar.

Wenn das Jahr sich neigt,
zieht die Kälte über`s Land,
der Sternenhimmel schweigt,
silbern glitzert der eisige Strand.

Es ist das atemlose Schweigen
in des Jahres letzter Nacht,
stumm wir uns verneigen,
wenn das neue Jahr erwacht.

Christina Kämmereit

Weihnachten der Generationen

Das Leben ist von Vergänglichkeiten
geprägt, nichts bleibt wie es ist.
So auch das Weihnachtsfest.
Weinachten 1944, mein Vater
schrieb aus der Gefangenschaft in
Ägypten.

Durch die Lüfte wirbelt Staub und
Sand, wilde Stürme brausen übers
Wüstenland. Ihr kalter Atem weht
uns ins Gesicht, doch dir ist so als
merktest du es nicht. Denn du weißt
zu Hause um diese Zeit, bedeckt
Schnee die Fluren weit und breit. Wo
die Berge in den Himmel ragen,
dort die gleichen Stürme um die
Gipfel jagen. Nun zünden sie zu
Haus die bunten Kerzen an. Ja, zu
unseren Lieben kommt der
Weihnachtsmann.
Bei des Lichterbaumes hellem
Schein, sprechen sie von dir und
denken dein. Durch die Stube zieht
ein zarter Duft, wie ein Zauber liegt
es in der Luft. Wenn dann die

Glocken läuten Weihnachten ein,
steht dein Bild geschmückt unter
Tannen, deiner Mutter heißen
Tränen fallen. Kein Kinderjubel dringt
an dein Ohr man kommt sich einsam
und verlassen vor. Doch aus deinen
Augen leuchtet stiller Schein, denn in
Gedanken bist du ja daheim

Wir, die Kinder der 50er, 60er, und
70er Jahre wuchsen in Frieden auf.
Zurückblickend ist es kaum zu
glauben, dass wir so lange
überleben konnten. Wir saßen in
Autos ohne Sicherheitsgurt und
Airbags. Die Bettchen waren
angemalt mit strahlenden Farben
voller Blei und Cadmium. Türen und
Schränke waren eine ständige
Bedrohung für die Fingerchen.
Auf dem Fahrrad trugen wir nie einen
Helm. Wir tranken Wasser aus dem
Wasserhahn und nicht aus der
Flasche. Wir bauten Seifenkisten
und entdeckten wären der ersten
Fahrt den Hang hinunter, dass wir
nicht an die Bremsen gedacht hatten.
Wir spielten draußen bis die
Straßenlaternen angingen, niemand

wusste wo wir waren, wir hatten nicht mal ein Handy dabei.

Playstation, Nintendo, Videospiele, einen eigenen Fernseher und Computer hatten wir nicht. Wir trafen uns mit Freunde. Diese Generation hat eine Fülle von innovativen Problemlösern und Erfindern mit Risikobereitschaft hervorgebracht.

Sie hatten Misserfolge und Socken gestrickt, Erfolge und Verantwortungen. Mit allem wussten sie umzugehen. Die Wünsche zu Weihnachten waren Bescheiden. Dem jeweiligen Verdienst der Eltern angepasst. Puppenhäuser wurden gebaut, Pullover und Socken gestrickt, Kleider genäht. Doch auch gekauftes Spielzeug lag unter dem Baum. Weihnachten rückten Hallo enger zusammen.

Die Familien besuchten sich untereinander. Die Kinder hatten Spaß mit den neuen Spielzeug. Es wurde viel getrunken und gegessen, niemand dachte über Gluten, Vegan, Vegetarisch oder zu viel Zucker nach.

Heute sitzen wir im Zug der Zeit, nicht mit einer Dampflok, sondern im ICE. Das Leben wird immer schneller. Weihnachtsmänner und Lebkuchen gibt es bereits im Oktober. Die Technik hat sich rasant entwickelt. Die Kommunikation hat heute ungeahnte Möglichkeiten. Weltweit können die Familien zu Weihnachten über Skyp, WhatsApp und Handy zusammen sein. Doch die Weihnachtszeit behält ihren Zauber inne. Sind die Vorbereitungen auch hektisch, so entschleunigt diese Zeit die Menschen. Die einen feiern die Geburt Jesus, für die anderen ist es ein Fest des Friedens. Doch Hallo haben den Gleichen Wunsch, den Wunsch nach Liebe und Geborgenheit. Der traditionelle Gedanke bleibt in den Familien. Genießt diesen Augenblick der Liebe und des Friedens. Nehmt die
in die Arme, die einsam sind.

Ingeburg Kaschewski

Das Weihnachtskind

Gemütlich war es im Wohnzimmer. Am Adventskranz leuchtete das zweite Licht, der Elektro- Kamin strömte behagliche Wärme aus.
Das ganze Haus duftete nach Pfefferkuchen, Äpfeln und Apfelsinen. In dieser behaglichen vorweihnachtlichen Atmosphäre genossen Doreen und ihre beste Freundin Marlene den selbst gebackenen Pfefferkuchen. Doreen hatte ihn fabriziert und mit Mandeln und Nüssen garniert.
„Dein Pfefferkuchen ist wieder mal ein Gedicht", lächelte Marlene.
„Wunderbar, dass er dir schmeckt ", strahlte Doreen, „oh, ist das Leben schön geworden", schwärmte sie weiter. „Nach der unglücklichen Krise vor zwei Jahren habe ich es nun geschafft."
„Endlich bist du glücklich", freute sich ihre Freundin.
„Voller Sorge war ich damals, du befandest dich

in Weltuntergangsstimmung wegen deines unverantwortlichen, treulosen Ehemannes", erinnerte sich Marlene .

„Tja, Hubert machte mir fast täglich Vorhaltungen. Nach fünfjähriger Ehe waren wir noch immer kinderlos. Es war so bitter. Er wollte Kinder und tröstete sich mit einer ziemlich jungen Mitarbeiterin. Obwohl er Vater eines Sohnes wurde, denke ich, dass er nicht glücklich ist."

„Das ist die Strafe", empörte Marlene sich.

„Weißt du noch, als ich dich damals aufsuchte, einige Wochen vor Weihnachten, du warst so abwesend, kaum ansprechbar. Ich ergriff die Initiative und lockte dich an die frische Winterluft. Wir spazierten an der Saale entlang, als mir einschoss, dass sich in unmittelbarer Nähe ein bekannter Hundezwinger befand. Den Besitzer kannte ich weitläufig. Um dich abzulenken führte ich dich zu dem Zwinger. Plötzlich waren wir von vier jungen, cremefarbigen Pudeln umringt. Du lächeltest, als ein kleiner Pudel an dir hochsprang. Liebevoll streicheltest du den kleinen Ausreißer.

Als der Hundebesitzer erschien, hattest du dich schon in das Kerlchen verliebt und fragtest ihn, ob der Pudel noch zu haben ist? Ja, lautete seine Antwort, drei Pudel sind schon bestellt, den Kleinen können sie in zwei Wochen holen.

Da strahltest du wie die Sonne."

„So weich und lieb war das Pudelkind, es brauchte mich ganz einfach und baute mich wieder auf", meinte nachdenklich Doreen.

„Alfy von der Felsenburg krempelte mein ganzes Leben um. Und wieder kurz vor Weihnachten erhielt ich die traurige Nachricht, dass meine einzige Schwester mit ihrem Ehemann bei einem Autounfall tödlich verunglückte.

Oh Gott, die kleine Isabel, konnte ich nur noch denken. Durch die weiße winterliche Welt fuhr ich mit dem Zug zur Küste. Die kleine, fünf Monate alte Isabel gewann sofort mein ganzes Herz, das ihr voller Liebe entgegenschlug", flüsterte Doreen.

„Nach der mehr als traurigen Beerdigung nahm ich Isabel, den goldigen Engel mit den blauen Augen und blonden Locken, mit nach Hause in das geschichtsträchtige Halle. Die Küste war mir zu kalt und windig.

Nun wo das Baby bei mir lebte, wollte mein Ex zu uns zurück, obwohl die Scheidung längst ausgesprochen war.

In seiner neuen Familie fühlte er sich nicht mehr wohl.

Klar, ich hatte ihn ja auch verwöhnt. `Ich bin seid deiner Treulosigkeit fertig mit dir`, herrschte ich ihn damals an. Wie ein begossener Pudel schlich er davon .

Isabel war mein ein und alles. Ein wunderbares, warmes Gefühl durchströmte mich beim ersten Windelkauf, wenn ich ihr Fläschchen zubereitete. Ihr erstes, bewusstes Lächeln löste Freudentränen bei mir aus. Isabel war mein Kind geworden, mein Weihnachtskind. Stolz fuhr ich sie im Kinderwagen aus. Alfy begleitete uns. Ich glaube, er war genau so stolz wie ich. In seinen schwarzen Hundeaugen zeigte sich ein Lächeln. Zudem war der Beschützerinstinkt in ihm erwacht. Sobald ein Fremder sich dem Kinderwagen näherte, verwandelte sich der gutmütige Pudel in einen Zähne fletschenden, bösartigen Drachen."

Marlene lachte und meinte, „nun lass uns in die Gegenwart kommen, wir müssen noch Weihnachtseinkäufe machen."

Weihnachtsgeschenke, das ist ein Thema für sich, überlegte Doreen.

Der größte Teil der zu Beschenkenden wünschte sich Geld, manche einen Gutschein. Das war allerdings kein Vergleich zu liebevoll ausgesuchten Gaben.

„Wir finden schon etwas für unsere Lieben."

Claudia Wendt

Der Schneemann, der unbedingt
Tee trinken wollte

Was gäbe ich für eine Tasse heißen
Tee,
Die ich täglich durchs Fenster seh,
Mit Früchten aromatisch heiß,
Schwarz oder weiß,
Grünen Tee im Beutel oder nicht,
Die warmen Dämpfe in meinem Ge-
sicht,
Die den Duft mit sich tragen.
Leider kann ich es nicht wagen,
Zu trinken eine Tasse Tee,
Denn leider bin ich nur aus Schnee.
Wenn ich nur einen Schluck genieße,
Das war`s und ich zerfließe.

Christine Berning

In letzter Minute

Weihnachten kommt jedes
Jahr wieder, mit Tannenbaum,
Weihnachtsgans und
vielen Geschenken. Der Sinn des
Heiligen Abends und des Festes
rückt in den Hintergrund. Es gibt
kaum besinnlichen Stunden, denn
Hektik breitet sich überall aus.
Auch Robert ließ sich wieder vom
Geschenke Marathon einfangen.
In diesem Jahr war es besonders
schlimm. Er nahm sich immer wieder
vor, rechtzeitig die Geschenke zu
besorgen, aber er hatte keine Zeit.
Ein Bauprojekt musste noch vor den
Feiertagen beendet sein. Nun war es
endlich abgeschlossen und er konnte
sich auf Weihnachten freuen.
Nicht so ganz, denn heute war
bereits Heiligabend und er stand
ohne Geschenke da.
Wie sollte er in der kurzen Zeit, die
ihm blieb, wenigstens EIN Präsent
für seine liebe Lisa besorgen?

Da war ein Gang durch das Kaufhaus wohl das Beste.

Dort angekommen umfing ihn eine eigenartige Geruchskomposition. In der einen Ecke roch es nach Marzipan und Lebkuchen, in der anderen umfingen Robert herbe und süßliche Düfte.

Hier war er richtig. Ein tolles Parfüm für seine Lisa, das wäre ein prima Geschenk.

Nur wusste er nicht, was seine Liebste mochte. Sie hatte immer einen feinen, besonderen Duft an sich, den er so gerne mochte. Da war guter Rat teuer.

Hilfe suchend sah er sich um, und sein Blick fiel auf die Bedienung in der Kosmetikabteilung.

Robert ging zu ihr und klagte sein Leid. Kein Problem sagte sie und los ging es mit den Duftproben. Dafür sprühte sie etwas Parfüm auf ein Papierblättchen, wedelte es herum und hielt es Robert unter die Nase. Nummer eins war nicht Lisas Duft, Nummer zwei mochte er nicht. So ging es weiter, bis zur Nummer sechs. Roberts war überfordert, roch gar nichts mehr und verließ entnervt die Abteilung.

Was nun, dachte er, und da fielen ihm die vielen schönen Dessous ins Auge.

Wenn er hier ein extravagantes Teil bekäme, das wäre super. Eine Verkäuferin fragte ihn freundlich, ob sie helfen könne.

Einen BH, da wusste er die Größe nicht, die Schlafanzüge waren ihm zu bieder. So ging es weiter, bis Robert einen atemberaubenden Hauch von NICHTS, ein Negligee, sah. Das sollte es sein. Wie die Verkäuferin ihm erklärte, sei es aus französischer Seide und mit Brüsseler Spitze besetzt, ein besonders edles Teil. Er würde den Kauf bestimmt nicht bereuen, denn dieses exklusive Gewand werde seiner Lisa heute Abend ein Strahlen ins Gesicht zaubern.

Die Verkäuferin machte Robert noch auf den Verpackungs-Service aufmerksam (Männer sind doch so ungeschickt beim Verpacken). Ganz vorsichtig trug Robert das sündhaft teure Teil zum Tisch, wo mehrere Damen mit Einpacken beschäftigt waren, Schleifen kunstvoll banden und die schönen Päckchen den Kunden übergaben. Auch Roberts rot-schwarzer Traum landete hier. Da es wohl noch eine Weile dauern würde, ging er vor die Tür. Draußen traf er einen Freund und beim Plaudern mit ihm verflog die Zeit.

Entsetzt sah er auf die Uhr, das Kaufhaus schloss in dreißig Minuten. Schnell lief er wieder hinein, denn das Geschenk war sicherlich schon eingepackt. Es stand niemand mehr am Tisch und nur noch ein Päckchen war übrig. Die Kassiererin übergab es ihm lächelnd.

Glücklich nahm er es und ging mit einem Lied auf den Lippen nach Hause. In letzter Minute hatte er für seine Lisa ein ganz besonderes Geschenk gefunden. Nun konnte der Heilige Abend kommen...

Lisa hatte die Wohnung wundervoll geschmückt und es duftete nach Plätzchen und Wein. Eine Tanne, die über und über mit Kugeln und

Lametta behangen war, stand im Wohnzimmer. Lisa sah Robert erwartungsvoll an. Mit einem Kuss gab er seiner Liebsten das Geschenk. Er war gespannt und freute sich schon auf Lisas Gesicht. Langsam, das Schleifenband aufrollend, das Weihnachtspapier glättend, packte sie es aus...

Lisas Lächeln erfror, denn mit spitzen Fingern hielt sie einen rot-schwarz glitzernden Herrentanga in die Höhe.

Christine Fiedler

Weihnachtsvorbereitung

Jedes Jahr ist Weihnachten am gleichen Tag. Nicht wie Ostern, das hin und her hüpft und mal früher und mal später stattfindet. Nein, bei Weihnachten wissen wir es genau. Und trotzdem, jedes Jahr steht Weihnachten dann immer so gaaaanz plötzlich vor der Tür. Auf einmal ist es da das Fest der Feste. Obwohl, es wird lange angekündigt durch die Supermärkte. Sie sind schon Ende des Sommers voll mit Schokoladenfiguren in allen Größen und Formen. Man wird förmlich erschlagen von den Angeboten. Doch wir schauen weg, es interessiert uns noch nicht. Es ist eher lästig. Uns ist ganz einfach noch nicht weihnachtlich. Aber dann, auf einmal werden wir wach, und der Stress geht los. Was soll ich bloß schenken, was kochen. Was Besonderes oder das, was fast jedes Jahr auf dem Tisch steht, weil alle genau das am liebsten essen. Dann die Kinder, für die werden Berge von Süßigkeiten heran geschleppt und zum Fest sind wir dann fix und fertig. So geht das jedes Jahr.

Nein, hab` ich mir gesagt, so nicht mehr. Man kann das doch auch ganz entspannt mit Überlegung und vernünftiger Planung vorbereiten. Zum Beispiel alles rechtzeitig einkaufen. Gedacht – getan.

Aber nun ist es soweit. Bald ist Weihnachten. Es ist eisekalt draußen, die Blätter sind von den Bäumen geweht und die ersten zarten Schneeflocken rieseln vom Himmel.

Ich werde zuerst die bunten Teller fertig machen. Der größte Vorrat ist dann schon mal weg. Freudig gestimmt mache ich mich ans Werk. Die farbenfrohen, weihnachtlich bemalten Teller werden hervor geholt und vor mir aufgebaut. So, nun die Unmengen an Schoko- und Zuckersachen aufteilen. Die hatte ich schon Ende des Sommers auf dem Boden versteckt, damit die Kinder sie nicht aus Versehen zwischenzeitlich entdecken. „Schaaatz", rufe ich melnen Mann. „Bist du mal so lieb und holst mir den großen Pappkarton vom Boden. Da sind die Süßigkeiten für die bunten Teller drin." Es rumpelt auf dem Boden. Ein leises Fluchen dringt zu mir. Und es dauert. Das kann doch nicht so schwer sein. „Schatz, der Karton steht auf dem Tisch unter dem Dachfenster. Findest du ihn nicht? Der ist doch nicht zu übersehen." Wieder ein Rumpeln und unterdrücktes Fluchen, dann kommt mein Mann mit einem Karton unter dem Arm herein. „Na also, da ist er ja, gib mal her, dann kann ich endlich loslegen." Mein Mann steht da und guckt betreten. „Meinst du diesen Karton, genau diesen?", fragt er. „Ja, ja, nu gib schon her." „Bist du sicher, dass das der richtige Karton ist?", er klammert sich an die Kiste unter dem Arm. Ich werde langsam ungeduldig. „Was soll das Theater, ich finde das nicht lustig. Stell den Karton hier auf den Tisch. So, wie du da stehst, könnte er noch runterfallen und dann ist alles kaputt." Mit einem Seufzer stellt er den Karton auf den Tisch. Entschlossen ziehe ich ihn zu mir und greife hinein. Doch meine Hand greift ins Leere. Ich schaue in die Kiste, sie ist fast leer. Mir stockt der Atem. Wo sind die vielen Süßigkeiten???

Am Boden des Kartons sehe ich eine knautschige Schicht aus farbigem Silberpapier, dazwischen eine Masse aus buntem Zucker und Schokolade. Ich verstehe das nicht. „Wann hast du die Sachen denn auf den Boden gebracht? War das Anfang September oder später. Ich meine, war das vor oder nach der spätsommerlichen Hitze im September", fragt mein Mann vorsichtig. „Der Karton stand nämlich genau unter dem Dachfenster, durch das den ganzen Tag so schön die Sonne scheint." „Du meinst, das ist alles geschmolzen...???", ich bin kurz davor in Tränen auszubrechen.

„Ich werde mal in die Kaufhalle gehen und für die bunten Teller einkaufen. Es ist sicher noch genug da", sagt er und zieht mit der großen Einkaufstasche los.

Marie-Luise Vogel

Weihnachten vor ach so langer Zeit

Kriege gab es jahrhunderte lang. Die Mächtigen der Welt waren und sind auch noch heute unfähig, Frieden zu bewahren. So war es auch damals an der holländischen Grenze bei Winterswijk. Die Zollhäuser mussten geräumt werden. Eine Zöllnersfrau suchte für sich und ihre Kinder, Jürgen und Marte, eine neue Bleibe. Am vier Kilometer entfernten Stadtrand fand sie eine leere Villa. Der dazugehörende große Park war ein Kletter- und Schaukelparadies für die Geschwister. Der Wintergarten bot viel Platz für Spiele mit den Nachbarskindern. Das tägliche Leben bestritt die junge Frau allein. Ihr Mann wurde noch vermisst. Waren die Kinder in der Schule, fuhr sie mit dem Fahrrad zu den umliegenden Bauerhöfen und versetzte alles an Inventar aus dem Zollhaus, was sie nicht unbedingt brauchte. An Varieté-Künstler vermietete sie eine möblierte Dachkammer, das brachte ihr Freikarten und Mietgeld ein und hin und wieder Geschenke für ihre Kinder.

Eine Weihnachtsfeier blieb für Marte in guter Erinnerung, als sie sieben Jahre alt war. In der Vorweihnachtszeit lag eines Morgens ein Puppenschuh vor dem Kleiderschrank, den sie sofort an sich nahm. Jedes Mal, wenn sie sich zum Schnüffeln auf die Fährte begab, hörte sie ein Geräusch vor der Tür, bis „der" Tag kam, als ihre Mama eine Freundin besuchte. Auf dem Schrankboden, unter vielen Decken, fand sie die schönste Puppe der Welt. Das dunkle Haar fiel lang über das rote Pünktchen-Kleid. Die blauen Augen blickten Marte so freundlich und lebendig an, dass sie sich sofort verführt fühlte, die Puppe in den Arm zu nehmen. Dabei bemerkte sie einen geheimnisvollen Schlüssel am Rücken. Neugierig drehte sie diesen um. Ein Summen war zu hören, und die Puppe wedelte mit den Beinen in der Luft, als wollte sie auf den fehlenden Schuh hinweisen. Ein wenig erschrocken erfüllte sie diesen Wunsch unverzüglich. Mit gutem Stand stellte sie die

Wundersame auf den glatten Boden. Erwartungsvoll wiederholte sie den Dreh. Schritt für Schritt lief die Puppe los, bewegte die Arme auf und ab und den Kopf hin und her. Marte fühlte sich wie im Traum, vergaß aber nicht die Zauberhafte rechtzeitig zurück in den Schrank zu legen. Die Tage vergingen viel zu langsam, bis es endlich so weit war. Wie in den letzten Jahren, weckte zarter Glockenklang Jürgen und Marte. Beide, schon angezogen, stürzten durch den langen Flur nach vorn in das festlich geschmückte Wohnzimmer. Verdeckt lagen die Geschenke unter dem Lichterbaum. Dahin legten auch die

Geschwister ihre, für Mama. Nach dem Weihnachtsgedicht und dem gemeinsamen Singen war die Bescherung. Das Suchen konnte beginnen.

Marte hatte zuvor ungeduldig umhergeschaut, mit der brennenden Frage, wo die schönste aller Puppen versteckt sein könnte. Sie fand leider nur einen Malblock und Buntstifte, Wolle und ein Bühnenspiel. War die Puppe etwa ein Geschenk für die Tochter einer Freundin von Mama? Zuerst unwillig und enttäuscht setzte sie sich in den großen, gemütlichen Sessel, und ließ sich schnell durch die Theaterbühne mit Schiebekulissen und märchenhaften Papierfiguren ablenken. Derweil beschäftigte sich Jürgen mit dem Baukasten. Als Marte aufschaute, hielt er einen soeben entdeckten Ball in der Hand, machte einen Probeschuss und traf exakt die mundgeblasene Vase auf dem Eichenschrank, Mamas Lieblingsstück. Wortlos schaute diese jetzt traurig und enttäuscht drein, wie zuvor Marte. Erschrocken und ängstlich suchten die Geschwister nach den kostbaren Scherben am Boden. Mama war ungewöhnlich schweigsam. War es der Schreck oder die Sorge um

Martes und Jürgens Hände? Ein Freudenschrei durchdrang die Stille im Raum. Marte hatte einen Puppenschuh unter dem großen Sessel gesehen. Überrascht und beglückt wollte sie die Schöne befreien, das ging aber nur mithilfe ihres drei Jahre älteren Bruders. Aus Dank und dem Wissen, dass sich Jürgen nur für Technisches begeisterte, führte sie ihm

stolz das Wunderwerk vor. Wie oftmals in Gedanken geübt, klappte Marte den Teppich hoch, stellte die Puppe auf den glatten Boden und drehte den versteckten Schlüssel mehrfach um. Die Puppe lief los, winkte Mama und Jürgen zu und schaute freundlich grüßend hin und her. Jürgen sann über das Innere der Puppe nach. Mama staunte über die gelungene Vorstellung.

Martes Freude spiegelte sich in allen Gesichtern wieder. Mamas- und Martes Augen glänzten strahlender als der Kerzenschein.

Ein Moment wie eine Ewigkeit.

Claudia Wendt

Das Häuschen im Wald

Pass auf, wenn du in den Wald rein
gehst,
Und vor einem Häuschen stehst,
Das auf einem Hühnerbein
Lädt dich in sein Innerstes ein.

Hör auf deinen Instinkt,
Der in deinem Innern winkt,
Umzukehren, zurück nach Haus,
Aus dem finsteren Walde raus.

Was darin lebt willst du nicht kennen,
Du solltest lieber umkehren und ren-
nen.
Das Häuschen ruft nach dir:
„Komm hinein! Folge mir!"

Darinnen lebt die alte Frau,
Die lockt herbei: „Komm rein und
schau."

Das Mütterchen ist nicht allein,
zwei andere Damen laden mit ein.

Die Erste: „Komm und sieh dir an,

Wie viel ich täglich stricken kann:
Dein Lebensfaden, er wird länger,
Wenn du wirst Künstler oder Sänger!
Wirst du Arbeiter: Schwupp und
Schnapp,
Schneid ich ein Stückchen davon ab.

Die Zweite spricht: Sieh dir an,
Was ich von uns dreien bewirken
kann:
Das schöne, junge Antlitz mein:
Ich werde niemals älter sein.
Schön, wie ich bin, hab ich geschwo-
ren:
Von meiner Hand wird jeder wieder-
geboren.

Die Dritte lockt dich an:
Komm näher heran!
Ich bin die Mutter, in großer Not
Bringe ich die Erlösung und Tod.
Ich entscheide welch Faden wird
durchschnitten
Und höre nicht auf Flehen und Bitten.
Denn ich kümmere mich die zu holen,
Denen meine Schwester das Leben
gestohlen."

Wir drei wachen über das Wasser

von Leben und Tod
Und bringen zugleich Hoffnung und
Not.

Fünf Krüge stehen auf dem Kamin,
durch den die wärmenden Flammen
zieh'n.
Der eine schwarz, der andere weiß,
schließen mit blau, grün und rot den
Kreis.

„Wir stellen dich vor die Wahl:
Ewiges Leben oder Todesqual ...
Wähle weise! Bisher hatte niemand
das Glück
Und kehrte lebend von hier zurück."

Du betrachtest die Krüge und siehst
sie dir an.
Was dein Auge erkennen kann -
Vier Farben griffen viele Hände,
Der Abrieb am Krug, er spricht Bän-
de.
Der Schwarze ist glänzend, wie po-
liert,
Nach des Todes Farbe hat keiner
gegiert.

Du greifst nach einem Krug ...

Die drei Weiber reiben gierig die
Hände,
Kurz danach gellen Schreie durch
die Wände:
„Das kann nicht sein! Alle haben wir
gesehen!
Wie sie mit ihrer Wahl untergehen!
Sie waren die unseren! Das darf
nicht sein!"
Durch den Wald ertönt wütendes
Schreien.

Die Alte greift sich an den Kopf,
Zieht sich an ihrem langen Zopf
Die drei verschmelzen zu einer Frau,
Alt, hässlich, bucklig und grau:
„Was fällt dir dreistem Bürschchen
ein?
Dieses Wasser, es ist mein!"

Mit dem Krug rennst du hinaus,
Aus dem sich drehenden Hühner-
haus.
Mit einem Buckel, das Gesicht ver-
zogen,
Kommt sie dir hinterher geflogen,
Auf einem Besenstiel,
Gleich hat sie dich, es fehlt nicht viel!

Du springst übers Bächlein und
bleibst stehen,
Kannst ihren entsetzen Blick jetzt
sehen.
Sie fliegt wie gegen eine Wand,
Unsichtbar und unerkannt,
Die Grenze des Landes, an die sie
gebunden,
Hat sie niemals überwunden.

Na? Habt ihr die alte Hexe erkannt?
Die ihre Flüche von hier gesandt?
Mit Märchengeschichten zur Nacht,
Wird Kindern mit ihr Angst gemacht.
Ihren Namen vergisst du nie,
Die Baba Jaga nennt man sie.

Christine Berning

Plastikbaum oder Halleluja-
Besen?

Jule hatte beschlossen: Zu diesem
Weihnachtsfest bleibt
die Plastikfichte im Keller. Aus
praktischen Gründen hatte sie die
Jahre zuvor immer ihren Kunstbaum
aufgestellt. Er nadelte nicht und
wurde nach dem Fest bis zum
nächsten einfach in einen Karton
gelegt.

Kürzlich las sie in der Zeitung, dass
man im nahen Forst selbst
Tannenbäume schlagen kann. Ihre
Freunde schwärmten von diesem
„Event" in der Vorweihnachtszeit.
Nun wollte Jule diese Art, einen
Weihnachtsbaum zu besorgen, auch
einmal ausprobieren. Axt und Säge
hatte sie schon, noch das Fahrrad
aus dem Keller und los ging das
Abenteuer.
Draußen pfiff ein eisiger Wind, es lag
kein Schnee, aber frostige Kälte
schlug Jule entgegen. Sie zog ihre

dicke Pudelmütze tief in das Gesicht, streifte sich ihre Fausthandschuhe über und radelte zum Forst.

Dort angekommen sah sie eine bunte Truppe Menschen. Alle hatten das gleiche Ziel, sie wollten einen schönen Baum mit nach Hause nehmen. Einige Leute wärmten sich vorher mit einem Glühwein auf und eine Blaskapelle schmetterte weihnachtliche Melodien. Kinder sangen mit und sprangen aufgeregt um die Musiker herum.

Dieses weihnachtliche Gedudel ging Jule auf die Nerven. Nur weg hier, dachte sie, nahm sich einen Tee gegen die Kälte mit und ging in Richtung Wald. Dabei kam sie an einer Bude mit der Aufschrift „Nummernausgabe" vorbei. Was das wohl soll, dachte Jule im Weitergehen? Da kamen ihr mehrere Männer, die Bäumen trugen, entgegen.

Diese Herren hatten wohl schon ihre Supertannen gefunden. Hoffentlich waren noch einige übrig, denn links und rechts des Weges standen viele Baumstümpfe. Hier würde sie keine mehr finden, war ihr klar, und sie ging tiefer in den Wald.

Dicht an dicht standen hier verschiedene Bäume. Jule wollte unbedingt eine Nordmanntanne, denn diese nordische Baumart hat sehr weiche Nadeln.
Ihr Blick schweifte in die Runde, oh, das würde nicht einfach. Ein wunderschönes Exemplar fiel ihr ins Auge. Jule wühlte sich zu dem auserkorenen Baum durch und als sie vor ihm stand, sah sie, dass zwei Bäume ineinander gewachsen waren. Deshalb die stattliche Erscheinung aus der Ferne. Enttäuscht ging sie weiter, suchte und prüfte, kein Baum war ihr recht. Der eine zu klein, der Nächste zu krumm und der andere zu ausladend. Sie hatte doch nur einen Wunsch, der Schönste sollte es sein.

Enttäuscht wollte Jule schon zurückgehen, da sah sie ihre Traumtanne. Nicht zu groß, gerade gut für die Ecke im Wohnzimmer. Der Baum sah prächtige aus, mit vollen Ästen stand er vor ihr. Das Licht im Wald wurde immer schwächer. Jule spuckte sich in die Hände, nahm die Säge und begann mit der Arbeit. Es war gar nicht so einfach, den Baum zu fällen. Nach einiger Zeit lag er auf der Erde. Stolz betrachtete Jule ihr Werk und bemerkte, dass sie zwei Bäume abgesägt hatte. Das war doch die ineinander gewachsene Tanne, die sie schon am Anfang gesehen hatte. Offenbar war sie im Kreis gelaufen. Was tun? Abgesägt war abgesägt! Jule nahm beide Bäume mit.

Die Dunkelheit umfing sie immer mehr. Der kalte Wind wurde heftiger und die Bäume am Wegesrand sahen wie schwankende Riesen aus. Langsam stieg Angst in ihr hoch, sie achtete auf jedes Knacken im Unterholz. Die Tannen in der einen Hand, in der anderen hielt sie ihr Werkzeug, so zog sie los. Die Bäume schleifte sie auf der Erde hinter sich her. In der Ferne war Musik zu hören. In diese Richtung lief sie mit eiligen Schritten. Jetzt nur nicht die Orientierung verlieren, denn die Wege sahen irgendwie alle gleich aus. Da passierte es, sie stolperte über eine Baumwurzel und verlor das Gleichgewicht. Rums, Jule knallte auf den harten Boden. Die Axt und die Säge flogen hinterher.

Erschrocken rappelte sie sich auf, rieb sich ihren „Allerwertesten" und ging humpelnd weiter.

Plötzlich waren Stimmen zu hören, die immer wieder riefen: "Ist hier noch jemand?" Leise und erschöpft meldete sich Jule und da standen der Förster und sein Kollege vor ihr. „Na, junge Frau, das ist ja noch einmal gut gegangen. Schön, dass wir sie gefunden haben. Ein aufmerksamer Mann sagte uns, dass sie noch im Forst wären. Denn die ausgegebenen Nummern waren alle schon zurück. Was ist denn passiert?" Mit Schmerz verzehrtem Gesicht erzählte Jule von ihrem Missgeschick. Dabei hinkte sie tapfer den Männern hinterher, die ihre Bäume und das Werkzeug trugen.

Am Platz mit den Buden und dem Verkaufsstand angekommen, besah sich der Förster ihre Bäume und begann schallend zu lachen. "Was haben sie sich denn für mickrige Halleluja-Besen ausgesucht. Na, aus den beiden können sie ja noch einen passablen Weihnachtsbaum für das Fest basteln." Er kassierte das fällige Geld und ging grinsend und kopfschüttelnd davon.

Um die Bäume wurde noch ein Netz gespannt, Jule tüterte die Fracht an ihr Rad und schob es langsam nach Hause. Die Handschuhe waren voller Harz, die Hose von der unsanften Landung schmutzig, ihr taten alle Knochen weh und sie fror jämmerlich. Von diesem „Event" hatte Jule die Nase gestrichen voll.

Im nächsten Jahr, das war ihr klar, bekam die Plastiktanne wieder ihren großen Auftritt.

Ingeburg Kaschewskii

Brave Wichtel

Der kostbare Rum floss aus der halbzerbrochenen Flasche.

Puck ergriff sie und zog sich an der Hand eine kleine Verletzung zu. Er rannte aus der Kajüte. „Ich, ich war schuld", stotterte er betroffen. Die Wichtel waren total entsetzt. Der Lieblingsrum vom Weihnachtsmann, jammerte Ronni. Jupp, der Pfiffikus, meinte: „Aus dem Rest vom Inhalt bereiten wir Grog." „Nein", riefen sechs Wichtel erschrocken.

„Warum nicht", entgegnete Jupp. „Ausprobieren können wir es doch mal, ich bin neugierig, wie Grog schmeckt." „Na ja, aber wie wird Grog gemacht?", überlegte Fred. „Wir fragen den Steuermann", rief Harry. Einige Wichtel murrten noch etwas, doch dann begab sich die kleine Schar zur Kajüte des Steuermanns. Der lag schnarchend in seiner Koje. "Leo, Leo", riefen die Wichtel. Doch mit ihren schwachen Stimmchen bekamen sie den

Seebären nicht wach.

Nun war guter Rat teuer.

Einige Wichtel wollten Grog unbedingt probieren, andere nicht. „Einmal habe ich gesehen, wie der Weihnachtsmann Grog zubereitet hat", rief Rolli interessiert. „Heißes Wasser und Rum", meinte kleinlaut der sonst so vorlaute Jupp.

Er mixte Rum mit Wasser, probierte und verzog sein Gesicht. „Bääh, widerlich!"

„Zucker hat er auch rein getan", flüsterte Ronni und gab eine größere Portion in das Getränk. Alle Wichtel kosteten immer wieder und es schmeckte ihnen vortrefflich.

Tja, und dann

sprangen die beschwipsten, kleinen Wichtelmännlein selig lallend, lustig herum, fielen um und schnarchten stockbesoffen..., Gegen Morgen kam müde, doch glücklich, der Weihnachtsmann zurück auf das Weihnachtsschiff. „Na nu, wie riecht es denn hier", stutzte er, sah seine beschwipsten Wichtelschar und lachte dröhnend . „Na meine Wichtelmänner, oder muß ich

Schnapsdrosseln sagen", meinte er fröhlich lächelnd.

Der erste Wichtel erwachte. „Es war ganz anders", lallte er hilflos, „das wollten wir gar nicht, lieber Weihnachtsmann." „Dass euch zuverlässigen Bürschlein auch einmal etwas Menschliches passiert, darauf wäre ich niemals gekommen", lächelte der Weihnachtsmann.

„Ärgern wollten wir dich nicht, es ist einfach so passiert", schluchzte hilflos der kleinste der Wichtel, Willi .

„Na, nu ist ja alles gut Willi", tröstete der Weihnachtsmann. „Jetzt ist erst einmal Ruhe angesagt. Bis April lassen wir es langsam angehen, mein Kleiner. Nun wollen wir uns einen Tee brauen und dann muss ich schlafen." „Nein, nein danke, keinen Tee, mir ist so schlecht."

„Siehst du, das kommt davon, ihr seid bestraft genug", lächelte nachsichtig der Weihnachtsmann.

Er holte seinen Pelzmantel und deckte die Wichtel damit zu, die ineinander verschlungen ihren Rausch ausschliefen.